Otto Strauss

Der Psalter

Anatiposi

Otto Strauss

Der Psalter

Unveränderter Nachdruck der Originalausgabe von 1859.

1. Auflage 2023 | ISBN: 978-3-38220-072-5

Anatiposi Verlag ist ein Imprint der Outlook Verlagsgesellschaft mbH.

Verlag: Outlook Verlag GmbH, Zeilweg 44, 60439 Frankfurt, Deutschland
Vertretungsberechtigt: E. Roepke, Zeilweg 44, 60439 Frankfurt, Deutschland
Druck: Books on Demand GmbH, In de Tarpen 42, 22848 Norderstedt, Deutschland

DER PSALTER

ALS GESANG- UND GEBETBUCH.

EINE

GESCHICHTLICHE BETRACHTUNG

VON

Lic. OTTO STRAUSS,

KOENIGLICHEM DIVISIONSPREDIGER ZU POSEN.

———————

BERLIN.

VERLAG VON WILHELM HERTZ.

(BESSER'SCHE BUCHHANDLUNG.)

1859.

Die Bedeutung der Psalmen in der Geschichte des Reiches Gottes bildet den Gegenstand der nachfolgenden Betrachtung[1]. Wiederholt hat man in neuerer Zeit Züge aus der Geschichte der Wirkung und des Segens einzelner Stellen der heiligen Schrift gesammelt; seltener ist dagegen der Versuch gemacht, die Geschichte ganzer Bücher der heiligen Schrift in ihrem Zusammenhange darzustellen und somit den Grund zu einer Geschichte des Wortes Gottes in der Menschheit zu legen. Wir wollen es versuchen, in der Kürze darzustellen, welche Bedeutung die Psalmen sowohl im Alten als im Neuen Bunde für den Gottesdienst und das Leben gehabt haben.

Wir blicken zunächst auf die Geschichte der Psalmen im Alten Bunde. Welche Bedeutung sie dort hatten, geht schon aus der Stellung hervor, welche die Lieder überhaupt in den geschichtlichen Büchern des Alten Testamentes einnehmen. Sie finden sich allezeit, wo ein Höhepunkt in der Entwickelung des Reiches Gottes erreicht ist. So das erste Lied der Schrift, die Worte Lamechs, des siebenten von Cain her, in dem das innerste Wesen des gottvergessenen Cainitischen Geschlechtes gipfelt, gegenüber

Henoch, dem siebenten unter den Sethiten, so das Lied
Mosis am Schilfmeer, am Wendepunkt der Zeiten der Ver-
heifsung und des Gesetzes, so das Lied der Deborah. Das
Bundesvolk feiert in diesen Klängen den Sieg, der ihm
durch Gottes Kraft zu Theil geworden ist. Doch treten
sie bis zu Davids Zeit nur vereinzelt und noch nicht als
Bestandtheile des Gottesdienstes auf.

Während des Aufschwunges, den das religiöse Volks-
leben unter Samuel's erweckender und durchgreifender
Thätigkeit nahm, hören wir zuerst von einer so über-
wältigenden Wirkung der von den Prophetenschulen an-
gestimmten Wechselgesänge, dafs selbst ein Saul und
seine Boten in denselben Strom weissagenden Gesanges
hineingezogen wurden. Und unter solchen Anregungen
sollte die Psalmenpoesie durch den bräunlichen Hirten-
knaben von Bethlehems Fruchtgefilden ihre eigentliche Be-
gründung erhalten. Bei dem ungewöhnlichen Mafse natür-
licher Begabung und der Salbung durch den heiligen Geist,
die auf David gekommen war, sollten die wunderbaren
und schnell wachsenden Gegensätze in seinen Führungen,
seine Verfolgung durch Saul und seine Thronbesteigung,
seine Demüthigung und seine Siege, sein Fall und seine
Bufse, wie alle seine Leiden und seine Tröstungen, vor
Allem aber die Offenbarungen, die er über den Gesalbten
des Herrn empfangen hatte, und das Vorbildliche auf
Christum, das in seinem Leben lag, seinem Volke und
dem ganzen Reiche Gottes zum Segen werden. In diesen
Stürmen sowohl wie in dem sanften Säuseln der erlösen-
den Gnade rauschte der Geist Gottes durch die Saiten

seiner Harfe und brachte die Psalmen hervor, mit denen schon nach ihrer rein menschlichen Seite weder ein Pindar noch Horaz, weder Ossian noch Dante noch Göthe sich zu messen vermögen. Und wie ihr Inhalt einzig ist in seiner Art, so ist auch ihre eigenthümliche Form von ihrer Kraft und Lieblichkeit durchdrungen. Wie der Kiesel, der in den Wasserspiegel fällt, die Fluth in wogende Kreise theilt, so war es dem überströmenden Reichthum der begnadigten Seele nicht genug, ihre Gedanken einmal auszusprechen, sondern dieselbe Empfindung wird in zwei oft wieder unter sich getheilten Sätzen gegliedert dargelegt, also daſs der zweite den ersten bestätigt, bekräftigt oder weiterführt. »Lobe den Herrn, meine Seele — und, was in mir ist, seinen heiligen Namen! Lobe den Herrn, meine Seele — und vergiſs nicht, was er dir Gutes gethan hat.« Dieser Parallelismus der Glieder, der der hebräischen Poesie eigenthümlich ist, verleiht ihr schon an und für sich einen besonderen Reiz. Und finden wir auch wenige Spuren nur von Sylbenmaſs und Reim, so ist doch jeder Psalm von strophischer Gliederung beherrscht, die meist in den heiligen Zahlen drei, vier, sieben, zehn oder zwölf verläuft. War aber für David selbst das, was seinem Geist gegeben war, zu mächtig, um es blos auszusprechen, so daſs er davon singen muſste, so sollte auch die Gemeinde sich die Psalmen aneignen im gottesdienstlichen Gesange. Denn der Gesang tritt da ein, wo das bloſse Wort nicht mächtig genug ist, um darzustellen, was die Seele bewegt. Für die Gemeinde, für den Gottesdienst waren sie gedichtet, wie es zahlreiche Ueberschriften aussprechen.

Entweder sangen die Leviten die Psalmen allein unter
Begleitung von musicalischen Instrumenten und das Volk
beschlofs sie mit bekräftigendem Amen, oder Männer und
Weiber sangen wechselsweise in zwei Chöre getheilt, während die Leviten mit den Instrumenten begleiteten, wie
schon beim Liede am Schilfmeer erwähnt wird. Diese
Begleitung geschah gewöhnlich durch Cithern und Harfen
von verschiedener Seitenzahl, wozu an Festtagen Trom-
peten, Posaunen und Cymbeln traten; auch Flöten und
Aduffen werden genannt. Zu dem Ende traf David die
grofsartigsten Einrichtungen für die Tempelmusik, zu
deren Uebung er viertausend Leviten unter der Leitung
der Musikmeister Heman, Assaph, Ethan und Jeduthun
aussonderte.

So steht David als der eigentliche Begründer der
Psalmenpoesie und der gottesdienstlichen Musik da. Und
wufste er selbst dem Herrn kein besseres Dankopfer zu
bringen, als seine Lieder, so priesen die Nachkommen aus
denselben Sängerfamilien sammt den Söhnen Korah's in
jeder der nachfolgenden bedeutenden Epochen in der Geschichte des Volkes Israel ihre Erfahrungen von Gottes
Gnade und Gerechtigkeit in den Psalmen. So traten zu
den achtzig Davidischen Psalmen die Mehrzahl der übrigen
in der Zeit der Errettung von Sanherib unter Hiskias, der
Zerstörung des Zehnstämmereiches, der babylonischen
Verbannung und der Rückkehr und Herstellung von
Mauern und Tempel unter Esra und Nehemia hinzu Mit
diesem letzteren Ereignifs verstummt die Psalmendich-
tung; der Psalter wurde abgeschlossen und zu einem

wunderbar ineinandergreifenden Ganzen vereinigt, so daſs in der Regel der Haupt- oder Schluſsgedanke des vorhergehenden Psalm's von dem nachfolgenden aufgenommen wird. Es ist das durch den Geist Gottes geheiligte Leben Israels, das sich in dem Psalter darstellt, und sowohl seine Geschichte, als sein Gesetz und seine Weissagungen sind in ihren Wirkungen darin beschlossen.

Vergegenwärtigen wir uns einen Augenblick, wie zu dieser Zeit die Psalmen die höchsten Festtage Israels, z. B. das Laubhüttenfest, verklärten. Es war der siebente Monat; schon waren die Felder leer, die Gärten verbrannt von der Gluthitze des Sommers, und traurig ragte der blasse Oelberg über der heiligen Stadt: aber am 14ten des Monats war es, als sollte es in Jerusalem noch einmal Frühling werden. Auf den platten Dächern der Stadt, neben den weiſsen Kuppeln, im Thale Josaphat und in den Weingärten den Oelberg hinan erhoben sich tausende von Laubhütten; die Wälder umher hatten ihr saftig ausharrendes Grün zu Zion's Schmuck und Freude hergegeben. Jetzt naheten die Züge der Festwaller; Feierklänge ertönten von allen Seiten. Aus den Schluchten des tiefen Kidronthales klang es gegen die südliche Mauer des Tempels hinauf: »Ich hebe meine Augen auf zu den Bergen, von welchen mir Hülfe kommt!« Im Olivenwalde im Norden rauschten die Dankespsalmen derer, die durch das Gebiet der feindlichen Samaritaner gezogen waren: »Unsere Seele ist entronnen, wie der Vogel dem Strick des Voglers. Der Strick ist zerrissen, und wir sind los!« Im westlichen Thore ordneten sich Züge und stimmten

Doch das Mondlicht des Alten Bundes erblafste vor dem Aufgang der Sonne der Gerechtigkeit. Der Herr kam zu seinem Tempel. Noch einmal erschien ein Prophet, der gröfste unter allen, und noch einmal lassen sich auch neue Psalmen in unvergleichlichem Dreiklang vernehmen. Ueber Maria's beseligte Lippen strömt das Magnifikat in Worten des Alten Bundes, Zacharias lobt mit neuer Zunge in dem Benedictus den Gott Israels, der besucht und erlöset hat sein Volk, und Simeon, indem er das gebenedeiete Knäblein auf den Armen trägt, singt in dem Nunc Dimittis von dem Frieden der Ewigkeit. Der Herr selbst weihet die Lieder im höheren Chor, da er sie unter den Festwallern singt, den Versucher wirft er zu Boden mit den Worten der Psalmen, und als Zeugnisse für sein Sterben und Auferstehen weist er neben Gesetz Propheten auf die Psalmen hin. Und da er den letzten Gottesdienst des alten und den ersten des neuen Testamentes feierte, in der Nacht, da er verrathen ward, stimmte er mit seinen Jüngern den Lobgesang, das grofse Hallel an, dessen Worte in seinem stellvertretenden Opfer erst ihr völliges Verständnifs fanden. Ja am Kreuze selbst, in den heiligsten Stunden, welche die Erde gesehen, klingen die Psalmen, der 69ste, der 22ste und der 31ste in seinen letzten Worten wieder.

Nachdem also die Psalmodie von dem Herrn selbst in die christliche Kirche eingeführt war, finden wir sie mit bekräftigendem Amen der Gemeinde in der 1. Epistel Pauli an die Corinther als Bestandtheil des Gottesdienstes; Jakobus ermahnt die, welche gutes Muths

sind, Psalmen zu singen, Paulus und Silas stärken
einander in der Kerkernacht zu Philippi mit Lobgesängen,
und derselbe Paulus hält es den Ephesern und Colossern
als Zeichen der Erfüllung mit dem heiligen Geiste vor,
wenn sie einander ermahnen in dem Wechselgesange der
Psalmen und Lobgesänge und geistlichen lieblichen Lieder.

Von solchen geistlichen Liedern, die in der Weise der
Psalmen gedichtet und alternirend gesungen wurden, redet
schon der Bericht des jüngeren Plinius an den Kaiser
Trajan i. J. 105, der als Statthalter von Bithynien von
den dortigen Christen feststellt, dafs sie vor Tagesaubruch
in ihren Versammlungen Wechselgesänge auf Christum als
auf einen Gott anstimmten. Wahrscheinlich gehörte hierzu
das älteste Morgenlied der Christenheit, das bei unseren
Festgottesdiensten unter dem Namen der »grofsen Doxologie« sich dem »Ehre sei Gott in der Höhe« anschliefst,
in den ältesten Psalmbüchern den Psalmen des Neuen
Testaments folgt, und in der römischen Kirche sich noch
heute vielfach als Wechselgesang findet. Uns ist es durch
die Bearbeitung von Nic. Decius »Allein Gott in der Höh'
sei Ehr'« ein zwiefach theures Kleinod geworden. Soviel
Hymnen aber auch in solcher Weise hinzutraten, das
eigentliche Gesangbuch der ersten Christen blieb
der Psalter. Vor allen in Antiochien durch den Bischof
Ignatius gepflegt, zog von diesem Missionshafen der Psalmengesang mit dem Evangelio zugleich aus in die Länder
der Heiden. Die Väter des zweiten und dritten Jahrhunderts bezeugen es, wie die Psalmen von den Greisen wie
von den kleinen Kindern auswendig gelernt wurden, bei

der Arbeit gesungen, und weder bei den Gottesdiensten
noch bei den Mahlzeiten fehlen durften, und in aller Trübsal die Kraft und Stärke, der Trost und die Freude der
Verfolgten wurden. Die Psalmen waren es, die auf den
Lippen der Blutzeugen auf den Folterbänken zu Alexandrien, im Colosseum zu Rom und im Circus zu Lyon die
Anstrengungen der Peiniger lähmte, den Zähnen der Löwen
ihre Macht nahm und die Heiden schaarenweise dem
Evangelio zuführte. Die staunenswerthesten Wirkungen
übten u. A. der 118te, der 95ste, der 115te und 116te
Psalm aus. Ihre begnadigten Stimmen sind längst ver-
hallt, aber noch zeugen in den dumpfen Gängen der Catakomben zu Rom die häufig wiederkehrenden Gestalten des
guten Hirten, die grünen Auen mit ihrem Frühlingsschmuck
und der Grabschriften ergreifende Glaubensfreudigkeit davon, welche Wirkung der 23ste Psalm auch unter »den
Schatten des Todes« ausübte.

Solcher Kraft und solchen Schatzes vergaſs die Kirche
auch nicht, nachdem sie Sieg und Frieden erlangt hatte.
Aus den Catakomben stieg der Psalmengesang hinauf in
die Basiliken und erschallte in den Prachtgewölben der
byzantinischen Cathedralen; als die beste Musik fand er
seine Stelle bei den Tafeln der Kaiser und wenn Con-
stantin unter dem Kreuzesbanner auszog zur Schlacht,
stimmte er mit seinem Heere Psalmen an. Schon im 4ten
Jahrhundert konnte Basilius von Caesarea sagen: man
möchte nach Aegypten gehen, nach Lybien, nach Theben,
nach Palästina, nach Arabien, Phönizien, zu den Syrern
und an den Euphrat, man würde finden, daſs alle Kirchen

Gottes in dieser Beziehung unter einander einig und derselben Meinung wären, und wie vornämlich die Vigilien,
die nächtlichen Gottesdienste mit dem Psalmodiren, hoch-
gehalten würden. Derselbe Basilius bemerkt, während
selten die Zuhörer die apostolischen und prophetischen
Vorlesungen auswendig behielten, sängen sie die Psalmen,
die sie in der Kirche gelernt, auch zu Haus und trügen
sie auf dem Markte umher. Aehnlich wie Hieronymus
sagt, daſs doppelt bete, wer da singend bete, so legt
Basilius gerade auf das Singen der Psalmen den Nachdruck und rühmt, wie dadurch ganz anders, als durch
das bloſse Lesen, das Nachdenken geschärft, die eiteln
Gedanken verscheucht würden, das Wort Gottes gröſsere
Kraft übe und die Herzen Festigkeit und Zuversicht ge-
wönnen. So dachte mit ihm der Bischof Cosmas von
Constantinopel, als er unter der arianischen Verfolgung
seine Kirche verlassen muſste. Der Diakon frägt ihn
ängstlich: was er denn von den Schätzen der Kirche mit-
nehmen sollte? und er antwortet: »Nimm den Psalter und
folge mir!« Gregor von Nyssa preist seiner Gemeinde,
wie David ein lieblicher Begleiter durch das ganze Leben
sei, wie er mit den Kindern spiele, die Jugend leite, das
Alter hebe und trage, für die Soldaten das sicherste Ge-
schoſs werde, der Lehrmeister für die Kämpfer, die Krone
der Sieger, die Würze beim fröhlichen Mahle, der Trost
am Grabe, und also Allen Alles werde. Und in der That
wuſste die alte Kirche das ganze kirchliche Leben des
Einzelnen in den Psalmengesang einzuschlieſsen und seine
höchsten Momente dadurch zu heiligen. Wenn bei der

glänzendsten Feier des Kirchenjahres, in der Osternacht,
die Täuflinge in weifsen Kleidern in langen Reihen aus
dem Baptisterium in die Kirche zogen, um an dem Gottesdienste zum ersten Male als Gemeindeglieder theilzuneh-
men, jauchzte ihnen die Gemeinde mit dem 118ten Psalm
entgegen: »wir segnen euch, die ihr vom Hause des Herrn
seid.« Bei den ersten Sonnenstrahlen des Auferstehungs-
morgens erscholl das Hallelujah und ist bis heute ein
stehender Theil der Liturgie des Hauptgottesdienstes geblieben, wie das Hosianna und das Benedictus (Gelobt sei
der da kommt u. s. w.), beim heiligen Abendmahle. Und
wenn die Todten zum Gottesacker hinausgetragen wurden,
erklangen im Gegensatz gegen das Flötenspiel oder das
Geschrei der Klageweiber der Gesang des 23sten Psalms
oder des 46sten, des 130sten oder des 116ten mit den
Worten: Der Tod seiner Heiligen ist werth gehalten vor
dem Herrn. — Und den Grund, warum gerade der Psalter
diese Stellung im kirchlichen Leben hatte, sieht Athanasius darin, dafs in dem Psalter das ganze Alte Testament
im Kleinen enthalten sei; die Geschichte der Schöpfung,
der Urzeit und der Patriarchen, das Gesetz und die Führungen des Volkes Israel, endlich die Weissagungen der
Propheten auf Christum — alles findet sich in den Psalmen. Und in Athanasius eignem Leben offenbarte sich die
Gewalt des Psalmengesanges in der grofsartigsten Weise.
Unter der Verfolgung, die er sammt den rechtgläubigen
anderen Bischöfen von den arianisch-gesinnten Kaisern
zu erdulden hatte, ist er mit seiner Gemeinde in der Kirche
zu Alexandrien versammelt; die Waffen der Soldaten

dröhnen gegen die Pforte; da läfst er, der in Trübsal und
Noth aus dem Psalter zu danken gelernt hatte, den Diakon
den 136sten Psalm anstimmen: »Danket dem Herrn, denn
er ist freundlich,« und die Gemeinde in jedem Verse ein-
fallen: »Denn seine Güte währet ewiglich.« Die Soldaten
dringen ein; der Psalm wird zu Ende gesungen, und Athanasius schreitet mitten durch die Krieger hin, ohne dafs
ihm ein Leides geschieht. — Der Kaiser Valens verdammte
zu Byzanz eine Anzahl rechtgläubiger Bischöfe zum
Feuertode. Sie werden auf ein Schiff geführt, das man
anzündet und brennend auf das Marmorameer hinabgleiten
läfst. Die Lohen schlagen in die Höhe, ein Mast sinkt
nach dem andern: aber aus dem Flammenmeer wallen
die Stimmen der sterbenden Märtyrer hervor: »Herr, nun
lässest Du Deinen Diener in Frieden fahren« — und mit
dem täglichen Abendpsalm auf den Lippen gingen sie in
den ewigen Frieden hinüber.

Zu derselben Zeit erhielt die Psalmodie im Abend-
lande, wo sie auch schon längst im Gebrauche war,
durch Ambrosius eine bedeutende Förderung. Er hatte
während der Trübsale derselben arianischen Verfolgung
in bangen Nächten die Erfahrung gemacht, wie das Volk
durch den Psalmengesang nach der Weise der orientalischen Kirchen am Wachen und Beten erhalten würde und
er sah, wie die noch halb heidnischen Gemeinden, die
während der Vorlesung der Schrift, der Predigt und den
Geboten nicht Ruhe hielten, bei dem Psalmengesange und
seinem lebendigen Wechsel stets aufmerksam und gesammelt blieben. Er vergleicht dieses alternirende Psalmodiren

dem Auf- und Niederwogen der Meereswellen, dessen
herrliche Pracht sich draufsen im Vestibulum der Kirche
vernehmen lasse. Augustin rühmt in seinen Bekennt-
nissen, wie viel sein inneres Leben der Rührung und Bewegung durch solchen Gesang verdanke; er setzt hinzu,
wie die Menschen sich vor den Vögeln schämen müfsten,
wenn sie ohne Psalmengesang den Tag beginnen und
schliefsen würden.

Aber noch weit mehr verdankt die Psalmodie im Oc-
cident Gregor dem Grofsen. Als nach der hundert-
jährigen Pest und unsäglichen Verheerungen durch die
Barbaren das alte Rom so weit gesunken war, dafs, wie
jemand treffend bemerkt hat, es in Rom mehr verfallende
Säulen als Menschen gab, und der Engel über der moles
Hadriana sein Schwert in die Scheide steckte, da wurde
Gregor von dem Gedanken begeistert, dafs ein neues
geistliches Rom sich auf den Trümmern des alten er-
heben sollte; und vornehmlich der Förderung des Gottesdienstes und des Kirchengesanges widmete er daher sein
Leben und seine Kraft. Zunächst waren es die Psalmen
in dem Hauptgottesdienste oder Messe, die er ordnete.
Schon seit Papst Coelestin wurde der Gottesdienst mit
dem Gesange eines Psalmes eröffnet; aus dieser bereits
vorhandenen Auswahl nahm Gregor je zwei Verse her-
aus, welche durch ihren Inhalt, je nach der Zeit des
Kirchenjahres und der bereits in den Episteln und Evangelien ausgedrückten Idee des Sonntages, der Andacht
des Tages die Richtung angeben sollten. Bekanntlich
haben von diesen, auch in der evangelischen Kirche bei-

behaltenen Eingangsversen oder Introiten die Sonntage
vor und nach Ostern ihre Namen[2]. Aehnliches that er
mit dem sogen. Antwortspsalm oder Graduale, den Psalmversen, die auf den Stufen des Epistelpultes nach Ver-
lesung der Epistel gesungen wurden und denen das Hallelujah zu folgen pflegte, und verkürzte gleicher Weise das
Offertorium und die Communio, nämlich die Psalmen,
welche während der Darbringung der Opfergaben seitens
der Gemeinde zwischen dem Credo und dem Dankgebet,
sowie während der Communion selbst gesungen wurden.
Während Gregor demnach für den Hauptgottesdienst das
Maafs der Psalmen auf je einige Verse beschränkte, behielt er sie für die Nebengottesdienste in ihrer ganzen
Ausdehnung bei, aber ordnete sie bestimmter. Schon die
Mönche in Aegypten glaubten ihre Zeit nicht gesegneter
zubringen zu können, als wenn sie ganz im Gesang und
Gebet des Psalters lebten, und während die syrischen
Geistlichen ihn sogar an jedem Tage ganz durchbeteten,
wurde es später wenigstens festgehalten, dafs die Geistlichen und Ordensglieder ihn in jeder Woche durchgehen
sollten. Und was die Vertheilung auf die einzelnen Tages-
zeiten betrifft, so war längst schon zum Morgenliede der
63 ste eingebürgert, zum Abendliede der 141 ste mit den
Worten: »Mein Gebet müsse vor Dir taugen wie ein
Rauchopfer, meiner Hände Aufheben wie ein Abend-
opfer«, oder das herrliche Nunc dimittis; von jetzt an
stand auch die Vertheilung der 150 Psalmen auf die acht
täglichen Stundengebete oder Horen fest, welche Tag und
Nacht alle drei Stunden gehalten wurden, und in denen

auf die Psalmen jedesmal Hymnen, Schriftlexionen und
Gebete folgten; aber die Psalmen blieben der eigentliche
Kern dieser Horen, und das Brevier, das sie enthält,
führt eigentlich den Namen: »Der durch die Woche ver-
theilte Psalter,« so dafs das Leben des römischen Clerus,
wenn diese Stundengebete mit Ernst und wahrer Andacht
gehalten werden, hauptsächlich durch die Psalmen ge-
leitet, genährt und gestärkt werden kann. Von diesen
Arbeiten stellte Gregor alles, was er für die Liturgie
des Hauptgottesdienstes und der übrigen Sacramente
angeordnet hatte, in dem Sacramentarium, dem An-
tiphonarium und dem Graduale zusammen; späterhin
ist alles, was den Hauptgottesdienst betrifft, im Mis-
sale, und was die Horen, im Brevier zusammenge-
fafst, während die übrigen Sacramente sich in anderen Büchern finden. — Vor Allem aber bedurfte zu
Gregor's Zeit der Kirchengesang selbst der Reform.
Die Melodien waren allmählig zu sinnlich und weichlich
geworden, und schon Augustin hatte geklagt, dafs
sie gar oft die Aufmerksamkeit der Gemeinde weit
mehr auf die Töne, als auf die Worte zögen, die sie
trügen. Gregor wählte deshalb aus den ernsten, wür-
digen altgriechischen Tonarten vier aus, aus denen er
durch Verschiebung des Grundtones vier Nebentonarten
ableitete. Diese acht Tonarten heifsen seitdem die
Kirchentöne. Aus jeder von ihnen bestimmte er eine der
längst vorhandenen und gebrauchten Melodien für die
Psalmen des Alten Testaments, zu denen noch eine 9te,
der sogenannte fremde Ton, hinzukam für die übrigen

Lieder des Alten und für die Psalmen des Neuen Testaments[²]. Diese Psalmentöne unterscheiden sich durch charakteristische Eigenschaften, so dafs sie den verschiedenen Stimmungen, die in den Psalmen herrschen, angemessen sind. Die Melodie ruht wesentlich auf Einem Tone; die erste, wie die zweite Hälfte des Verses schliefst mit einer Cadenz von zwei bis fünf Tönen, denen eben so viele der letzten Sylben untergelegt werden, während alle vorhergehenden auf den Hauptton der Melodie kommen, nur die Intonation des ersten Verses beginnt mit drei oder vier aufsteigenden Tönen. Die Dauer der einzelnen Noten richtet sich durchaus nur nach dem Werthe der Sylben, während die Ambrosianische Gesangweise streng vom Metrum und Rhythmus beherrscht war; und somit ist die Melodie durchaus dem heiligen Worte dienstbar, das sie zu tragen hat, und dieses Psalmodiren allerdings von der Gesangweise sehr verschieden, die wir heutzutage gewohnt sind, bei der es oft unmöglich ist, die Worte zu verstehen; während jenes dem gehobenen Sprechen näher liegt als dem Singen[⁴]. Schon hierdurch wird die beim ersten Blick zu fürchtende Einförmigkeit gemildert, indem der Rhythmus bei jedem Verse eine andere Gestalt gewinnt; noch mehr aber durch die zahlreichen Abweichungen in den Cadenzen, die sich allmählig eingebürgert haben, und durch welche die neun Haupttöne zu über funfzig Melodien erweitert werden, auf welche die Psalmen je nach ihrem verschiedenen Charakter gesungen werden können. Von diesen Psalmentönen, wie sie noch heute im Gebrauche sind und nicht

von Gregor erfunden, sondern aus den vorhandenen aus-
gewählt und verbessert wurden, läfst sich nun ein Rück-
schlufs auf die Melodien der Urkirche und des Alten
Testaments machen; um so mehr, wenn wir sehen, dafs
die Psalmentöne der spanischen Juden im Morgenlande,
welche die Traditionen ihrer Väter treuer bewahrt haben,
als die sogenannten polnischen, wesentlich derselben Art
sind, indem sie zwischen wenigen neben einander liegen-
den Tönen sich bewegen und einige sich entschieden den
gregorianischen nähern[5], sowie, dafs die der griechischen
und besonders der armenischen Kirche dieselbe Eigen-
thümlichkeit haben. — Um aber auch den Gesang selbst
in rein musikalischer Hinsicht zu verbessern, richtete er
die berühmte Sängerschule ein, deren Glieder einen besonderen Stand der Geistlichkeit bildete, und aus der
später die Sixtinische Capelle hervorging. Freilich ge-
wannen sie für selbstständige Aufführungen dadurch
Raum, dafs der Gemeinde die Theilnahme an der Psalmodie entzogen wurde, die sie bis dahin ausübte, während sie ihr in der orientalischen Kirche schon früher
geschmälert war; und es erschien um so begründeter,
da die Gemeinden nicht mehr, wie in den Zeiten lebendigen Glaubens, die Psalmen auswendig wufsten. Früher
hatte man dergestalt beim Psalmodiren alternirt, dafs
entweder der Vorsänger die erste Hälfte des Verses an-
stimmte und die Gemeinde mit der zweiten einfiel, oder
die Gemeinde selbst, in zwei Theile getheilt, mit den
Vershälften wechselte; das fiel nun dem Chore allein zu.
Und so sehr wir es auch bei vielen anderen Einrichtun-

gen Gregors des Grofsen beklagen müssen, dafs sie die
Grundlagen des der heiligen Schrift zuwiderlaufenden
römischen Kirchensystems bildeten, so nimmt er doch
für Psalmodie und Kirchengesang die bedeutendste Stelle
in der alten Kirche ein. Und so war auch das Ende sei-
nes dem Dienste am Heiligthum gewidmeten Lebens ein
recht liturgisches. Seit den ersten Jahrhunderten war es
feststehender Gebrauch, jeden Psalm mit der sogenannten
kleinen Doxologie zu schliefsen; als sein Ende nahete,
standen seine Geistlichen um sein Bett und sangen Psalmen: und als er mit fester Stimme mit ihnen gesungen:
»Ehre sei dem Vater und dem Sohne und dem heiligen
Geiste, wie es war von Anfang, jetzt und immerdar, und
von Ewigkeit zu Ewigkeit, Amen« — ging er in die ewigen Chöre hinüber.

Seitdem ist der Psalter, wiewohl mit zahlreichen un-
biblischen Zusätzen, der Kern des Gesang- und Ge-
betbuches der römischen Kirche geblieben. Freilich
hat er in dem späteren Mittelalter manche Mifsbräuche
erdulden müssen; so nennen wir als eine der traurigsten
Ausgeburten der Mariolatrie das Psalterium Marianum,
in dem der ganze Psalter umgedichtet und die Lobprei-
sungen Gottes in die der Maria umgewandelt waren. Auf
der anderen Seite blieb der Psalter die Grundlage
der Entwickelung der Kirchenmusik. Es war
eine der Eigenthümlichkeiten des gregorianischen Gesanges im Gegensatze zu dem ambrosianischen, dafs der
erstere einstimmig vorgetragen wurde, eine Eigenschaft,
die gerade zu seiner Kraft und Fafslichkeit beitrug; doch

blieb er unter den Händen der Sängerchöre nicht lange dabei. Bei der sixtinischen Capelle finden wir noch jetzt den Gebrauch, die Melodien des Introitus und der Antiphonen z. B., nachdem sie einstimmig intonirt worden, mit durchgehender Begleitung von Octaven und Sechsten fortzuführen, so daſs nur bei der Schluſscadenz die Dominante im Baſs eintritt, ähnlich der eigenthümlichen Sitte der griechisch - russischen Kirchenchöre; ebenso hat sich als alte Tradition bei derselben Capelle die Sitte erhalten, bei längeren Psalmen abwechselnd statt der vierstimmigen Begleitung eine dreistimmige mit obligaten unteren Quarten und Sechsten eintreten zu lassen (eine ältere Art der sogenannten falsi bordoni[6]), wodurch besonders bei dem Abschluſs in die Grundtonart der Melodie eine überraschend schöne Klangwirkung hervorgebracht wird. Aufser diesen Harmonisirungen entwickelte sich aber auch der eigentliche Contrapunkt im Mittelalter, und neben den gregorianischen Psalmentönen viele ihnen ähnlich gebaute Melodien (ebenfalls falsi bordoni genannt). Wie aber die Figuralmusik in den Kirchen in Verweltlichung versunken war, als Palestrina und die strengeren Componisten seiner Zeit, nicht ohne bedeutende Rückwirkung der Reformation, eine neue Aera für die Kirchenmusik begannen, ist bekannt. Und gerade durch Palestrina's Compositionen ziehen sich die gregorianischen Kirchenmelodien und Psalmentöne wie ein goldener Faden hindurch, oft fast unmerkbar von einer der mittleren Stimmen geführt, und verleihen ihnen den geheimniſsvollen Reiz, der ihnen eigenthümlich ist; und

seine vollendetsten Compositionen sind gerade seine Psalmen, wie das Sicut Cervus (Ps. 42), das 12 stimmige
Nunc dimittis u. a. Nicht weniger wetteiferten seine Zeit-
genossen und Nachfolger, die Psalmen in Musik zu setzen,
entweder in fortgehend freier Composition oder versweise
mit den gregorianischen Tönen oder einfacher Recitation
auf Einem Tone wechselnd. In der That sind die herr-
lichsten Schöpfungen von Lotti, Marcello u. A. gerade
ihre Psalmen, und die gefeiertste Leistung der sixtinischen Capelle in den Vespern der Charwoche ist das Mi-
serere von G. Allegri, eine ganz einfache, aber vollendete
Composition des 51 sten Psalms, in der bis auf den neun-
stimmigen Schluſs jeder 1ste und 3te Vers nach derselben sich zwischen wenigen Intervallen bewegenden
Melodie von einem Theile des Chors 4- und 5 stimmig
gesungen wird, und der 2te und 4te von den Uebrigen
auf der festliegenden Dominante gesprochen.

Desto trauriger gestaltete sich die Psalmodie im
strengeren Sinne in der römischen Kirche, nachdem das
Leben daraus geschwunden war. Die übergroſse Zahl
der Psalmen für die täglichen Gottesdienste suchte man
durch Eilen und Jagen zu verkürzen. Es scheint, daſs
man aus diesem Grunde schon seit dem 9ten Jahrhundert allgemein aufgehört hatte, die beiden Halbchöre nach
halben Versen alterniren zu lassen; man wechselte nach
ganzen Versen und gab die Kraft des Parallelismus der
Glieder auf[7]. Allmälig behielt man auch die Psalmentöne
nur für die Festtage; an den gewöhnlichen Wochen-
tagen und den sogenannten kleineren Horen recitirt man

in den römischen Kathedral- und Stiftskirchen die Psalmen bis heute meistentheils auf Einem Tone[8], und zwar
leider in der Regel mit einer Schnelligkeit, bei der eine
Erbauung für die Sänger nur durch den allgemeinen
Grundgedanken des Psalms, nicht aber durch die einzelnen Worte, für die Zuhörer in der Regel aber gar nicht
möglich ist[9].

———

Evangelische Ehrfurcht vor Gottes Wort konnte
solche und andere Mifsbräuche in der Psalmodie nicht
dulden, aber aufgeben wollte auch die Reformation
den Psalmengesang nicht. Die reformirte Kirche fran-
zösischer Zunge führte die Psalmen, statt in lateinischer
Sprache, in der metrischen Uebersetzung von Marot
in Paris und Theodor Beza ein, und Goudimel, der
Lehrer Palestrina's, einer der Märtyrer der Bartholomäus-
nacht, erfand seine ergreifenden Melodien dazu oder be-
nutzte bereits vorhandene Volksgesänge. Und sind auch
diese Bearbeitungen und noch weniger die Lobwasser-
schen Psalmen der deutschen reformirten Kirche der Kraft
des unveränderten göttlichen Wortes nicht zu verglei-
chen, so waren doch auch in dieser Gestalt die Psalmen
die Waffen der Märtyrer im Streit. In einem der Kirch-
dörfer der Waldenserthäler, in St. Jean bei La Tour de
Luzerne, dem Hauptorte dieses uralten evangelischen
Volkes in Piemont, durfte erst vor wenigen Jahren eine

Mauer dicht vor der Kirchthüre entfernt werden, die die gegenüberwohnenden Katholiken vor den verhafsten Klängen ihrer Psalmen schützen sollte. Zu Lyon, der alten Zeugenstadt, standen 1553 fünf evangelische Studenten von Lausanne auf dem Scheiterhaufen; während die Flammen emporschlugen, sangen sie den 9ten Psalm: En toi je veux me réjouir, d'autre soulas ne veux jouir. Qui, Seigneur, à toi se donne, ta bonté ne l'abandonne — und bebend stand der Henker und vermochte kaum sein Amt zu thun, so ergriff ihn solcher Glaubensmuth!

Die englische Reformation hat es vorgezogen, die Psalmen in ihrer eigentlichen Gestalt beim Gottesdienste beizubehalten, aber ermäfsigte ihre Zahl, so dafs beim täglichen Morgen- und Abendgottesdienste (in welche beiden die acht Horen der römischen und griechischen Kirche zusammengezogen wurden) der Psalter auf den ganzen Monat vertheilt ist, und also auf jeden Gottesdienst etwa 2 — 3 Psalmen durchschnittlich kommen; und da der Hauptgottesdienst jedesmal mit dem morning prayer beginnt, so ist die Psalmodie durchgängiges Eigenthum der englischen Gemeinden geblieben. Die Psalmen werden entweder von einem getheilten Chore, oder abwechselnd vom Geistlichen und der Gemeinde, oder von der Gemeinde allein gesungen oder gesprochen, mit oder ohne Unterstützung der Orgel, und zwar sowohl nach den gregorianischen Tönen als nach einer grofsen Menge in ähnlicher Weise componirter Melodien, welche meist zwei Verse umfassen[10]. Im Uebrigen ist die Weise der römischen Kirche beibehalten, und finden wir dieselben

Gefahren wie dort auch nicht immer vermieden, so ist dem englischen Volke doch der grofse Vorzug erhalten, dafs der Psalter in seinem Munde lebt und täglich seine Kraft und seinen Segen üben kann.

Gegenüber der Praxis dieser beiden evangelischen Kirchen that Luther das Eine, aber liefs das Andere nicht. Seiner Lieder weltüberwindende Kraft ist meist aus dem Psalter geschöpft, in dem er selbst »sein ganzes Herze wiederfand«. Die Siegesgeschichte der evangelischen Kirche unseres Vaterlandes erklingt wie in Einem Accorde in dem Schlacht- und Heldengesange »Ein' feste Burg ist unser Gott«, der freien Bearbeitung des 46sten Psalms. Dabei aber liefs er die Psalmen im Hauptgottesdienste, bei den Vespern und Metten nicht. Auch die lutherischen Liturgien haben den Gebrauch der Psalmen beibehalten, aber auf ein weises Mafs zurückgeführt. Und welchen Segen der Psalter auch in den Trübsalszeiten des siebzehnten Jahrhunderts im Leben brachte, zeigen die Worte Friedrich Wilhelm's, des grofsen Kurfürsten: »Leset fleifsig die Psalmen, so werdet ihr im Glücke nicht übermüthig und im Unglück nie verzagt sein.« Erst in der Nacht des Unglaubens im vorigen Jahrhundert mufste der Psalmengesang in der deutschen Kirche verstummen, wenn man auch die Erhabenheit und Kraft Davidischer Poesie nicht verkannte.

Seit aber das Leben wieder erwacht ist, kehrte man auch zu den Psalmen zurück. Wie vordem in den ersten Jahrhunderten geht der Psalter mit dem Neuen Testamente zugleich wieder aus in die Länder der Heiden, und er-

klingt auf den evangelischen Missionsstationen in über
150 Sprachen; den von den Bibelgesellschaften am zahl-
reichsten verbreiteten Neuen Testamenten ist der Psalter
angebunden; in der Armee unseres engeren Vaterlandes
erhalten jährlich die vielen Tausende junger Soldaten mit
ihrem Kirchenbuche den Psalter als einen Theil ihrer
Ausrüstung. Fühlbar beginnt allerwärts der 3000jährige
Segen, von dem seine Worte triefen, daheim bei den Haus-
gottesdiensten, an den Krankenbetten, und in gemeinsamen
Nöthen sich fortzusetzen. Denn die Erfahrung lehrt, dafs
wie vom Neuen Testamente die Evangelien als dessen
Kern, so vom Alten die Psalmen bei den Seelen zunächst
Eingang finden, die die ganze Fülle des göttlichen Wortes
noch nicht zu fassen vermögen. Wie die reich gesegneten
älteren Gebetbücher aus dem Psalter hervorgingen, so
versteht man es jetzt aus sichtbarer Erfahrung, dafs der
Psalter nicht nur für die Gebetssprache, sondern für die
Gebetskraft eine unerschöpfliche Quelle ist. Immer mehr
aber sieht man ein, dafs gleich den Liedern der Kirche,
die nur halb sind, was sie sind, wenn sie gelesen, statt
gesungen werden, auch die Psalmen erst ihre volle Herr-
lichkeit und Macht entfalten, wenn sie gesungen werden.
In welcher Weise sie nun der Gemeinde beim öffentlichen
Gottesdienste wiedergegeben werden sollen, bei dem sie
auch durch neuere liturgische Anordnungen ihre alten
Stellen wiedererhalten haben, danach sucht noch die
evangelische Kirche, und es scheint unserer Zeit aufbe-
halten zu sein, den reinen Psalmengesang herzustellen.
Manche Versuche sind angestellt und zum Theil unter

fühlbarem Segen. Man läfst die Psalmen in freien Compositionen älterer und neuerer Zeit vom Chore singen, oder abwechselnd mit der Gemeinde nach der oben angedeuteten Weise der späteren römischen Kirche; anderer Orten ist man dem Gebrauche der englischen Kirche gefolgt oder auf die ursprüngliche gregorianische Psalmodie zurückgegangen [11]: aber die gelungensten unter diesen Versuchen haben es deutlich gezeigt, dafs wir des rechten Weges gewifs sind, wenn wir an der Psalmodie der alten Kirche festhalten.

Wir haben die Psalmen in ihrer Geschichte von Anfang an verfolgt und gesehen, wie in den wichtigsten Epochen der Geschichte des Reiches Gottes auch die Psalmen in ihrer Bedeutung für den Gottesdienst und für das Leben hervortraten. Wir haben es uns versagen müssen, bei diesem kurzen Ueberblicke auf die Geschichte einzelner Psalmen näher einzugehen, wie des 20sten, des 23sten, des 51sten oder des 121sten. Es würde dadurch noch klarer geworden sein, was wir in gedrängter Kürze zu zeigen wünschten, dafs der Psalter das vom Geiste Gottes eingegebene Gesang- und Gebetbuch aller Zeiten und aller Völker, der ganzen Menschheit ist, die Grundlage der kirchlichen Dichtung und Musik, und ihr Gipfelpunkt zugleich.

Wir schliefsen, indem wir unserer Kirche und jedem Einzelnen wünschen, dafs Luther's Wort das unsrige

werde: »Willst du die christliche Kirche gemalet sehen,
»mit lebendiger Farbe und Gestalt, in ein klein Bild ver-
»fasset, so nimm den Psalter vor dich, so hast du einen
»reinen hellen Spiegel — der wird dir zeigen, was die
»Christenheit sei.«

Anmerkungen.

1. Zu gegenwärtiger Darstellung, welche im vergangenen Winter in
dem Cyclus der von dem Evangelischen Verein für kirchliche Zwecke in
Berlin veranstalteten wissenschaftlichen Vorlesungen vorgetragen wurde, sind
aufser den bekannten dahin einschlagenden liturgischen Werken von Bona,
Gavanti, Bingham, Gerbert, Augusti, Antony, sowie den exe-
getischen von Hengstenberg, von Gerlach u. s. w. hauptsächlich be-
nutzt worden:

Carus Presb. (Card. Thomasius) antiqui libri missarum Romanae
Ecclesiae, Rom. 1691, und dess. Responsorialia et Antiphonaria Rom.
Eccles. Rom. 1686.

Reinh. Bake comment. exeget. pract. posthumus in psalterium Da-
vidis, accurante filio Ernesto Bake, Frankf. 1664. fol.

Helon's Wallfahrt nach Jerusalem. Vom Verfasser der Glocken-
töne. Elberfeld, 1820. 4 voll.

endlich die reichhaltige, begeistert und begeisternd geschriebene Abhandlung von
Armknecht, Die heilige Psalmodie, Göttingen 1855.

Manche Notizen sind durch eigene Anschauung auf Reisen gewonnen.

2. Diese Introiten oder Eingangsverse finden sich mit den Psalmen,
aus denen sie entnommen sind, und mit den gregorianischen Melodieen zum
kirchlichen Gebrauche zusammengestellt in »Neithardt's Psalmen für den
evangelischen Hauptgottesdienst, Berlin bei Bote und Bock, 1856.«

3. Die neun Psalmentöne sind, aufser in dem eben genannten Hand-
buche, auch abgedruckt in den »Liturgischen Andachten der Königl. Hof-
und Domkirche,« herausg. von Fr. Ad. Straufs, Berlin 1856, 3. Auflage.

4. Nähere Anleitung zu der gregorianischen Psalmodie findet sich in des Verfassers Vorwort zu Neithardt's Psalmen, s. o.

5. Die Psalmenmelodieen, welche nach der in der Schrift: »Sechs alttestamentliche Psalmen, mit ihren aus den Accenten entzifferten Singweisen, von Leopold Haupt 1854« ausgeführten Hypothese als die ächten alt-jüdischen Sangesweisen mitgetheilt sind, weichen von den bei den spanischen Juden in Jerusalem und Constantinopel u. s. w. gebräuchlichen Melodieen in ihrem gesammten Charakter und im Einzelnen durchaus ab und tragen viel mehr ein europäisches als orientalisches Gepräge.

6. Vergl. über diese und die beiden anderen Arten der falsi bordoni Baini Vita di Palestrina Rom. 1828. vol. I. p. 257. not. 356, wonach die 3 stimmigen falsi bordoni von Avignon aus nach dem Schisma nach Rom gekommen wären.

7. In den ältesten handschriftlichen Psalterien, die zum gottesdienstlichen Gebrauche bestimmt waren, finden sich abwärts bis zum 9ten Jahrhundert in der Regel die Psalmen nach den Vershälften regelmäfsig abgesetzt geschrieben, während von da an meist nur versweise abgesetzt wird und die Verse selbst fortlaufend geschrieben werden. Diese Beobachtung bestätigt fast ausnahmslos die Vergleichung der ältesten Psalterien in den Bibliotheken von Italien, Südfrankreich und der Schweiz. Die gegenwärtigen katholischen Breviere haben beim Beginn der zweiten Vershälfte meist nur ein Sternchen als Zeichen. Leider ist der Parallelismus der Glieder, der für das Verständnifs der Psalmen von grofser Wichtigkeit ist, in deutschen Ausgaben der Psalmen nach Luther's Uebersetzung fast nirgends klar zu erkennen, mit Ausnahme der Ausgabe von Hommel.

Gegenüber der von E. Naumann in der Schrift: »Ueber Einführung des Psalmengesanges in die evangelische Kirche, Berlin 1856,« p. 17—31 aufgestellten Behauptung, dafs das Alterniren nach ganzen Versen und nicht nach den Parallelgliedern, von Anfang an in der Kirche im ausschliefslichem Gebrauch gewesen sei, möge vorläufig zum Beweise der Richtigkeit unserer Ansicht nur auf Folgendes hingewiesen werden: 1. das oben angeführte Beispiel des 136sten Psalm's, wie er notorisch gesungen worden nach Athanasius eigener Erzählung, cfr. Patrum apost. opp. ed. Clericus 1698, vol. I. p. 262 ff. Anm. 2. Die Angaben von Basilius bei der Beschreibung der Vigilien, cfr. Gerbert de cantu et mus. sacra vol. I. 3. Sehe man nur auf die Preces oder die aus Psalmversen zusammengestellten Responsorien und kurzen Gebete im römischen Brevier wie in den Ritualen, welche ohne Ausnahme nach Halbversen alternirt werden, und gerade dadurch von grofsem Einflufs auf die Erweckung und Förderung der Andacht sind; die englischen und lutherischen Liturgieen haben sie in ganz derselben Weise. 4. Der Litanei ist es gerade ergangen wie den Psalmen; unstreitig sind die Antworten: *te rogamus, audi nos* etc. ursprünglich immer von der Gemeinde gesungen (vergl. Bunsen Hippolyt. II. p. 379) und die ersten Vershälften vom Diakonus vorgebetet, wie sie auch in der evangelischen Kirche halbzeilig alternirend gesungen werden; in Italien wird sowohl diese eigentliche als die anderen Litaneien, z. B. die Lauretana, meist nach ganzen Versen alternirt, und die richtige Weise findet sich noch zuweilen, z. B. in der Cathedrale zu Novara, hier und da bei Begräbnissen u. s. w. Ebenso ist es dem Tedeum ergangen, dessen ursprüngliche Sangesweise erst in der evangelischen Kirche hergestellt ist. 5. Das Alter der scheinbar gegen uns sprechenden sogenannten älteren ambrosianischen Psalmentöne, die sich von den gregorianischen durch das Fehlen der kleinen Cadenz in der Mitte unterscheiden, ist ganz ungewifs. — Im Uebrigen gedenkt der Verfasser bei einer ausführlicheren Behandlung der Geschichte der Psalmodie diese Frage eingehender zu erörtern, und die näheren Belege ad 5 und 7 zu veröffentlichen.

8. Die Griechen und auch die Juden pflegen die Psalmen auch so zu recitiren, dafs sie sie in wellenförmiger Bewegung zwischen einer Quarte oder Quinte lesen, und zwar in einer Schnelligkeit, die Luther »Lören und Tönen« nannte.

9. Ein der Würde des Wortes Gottes angemessenes Tempo im Psalmodiren in römischen Kirchen hat der Verfasser bis jetzt nur bei den Benediktinern in der Schweiz gefunden, z. B. in dem Stifte Engelberg, und zwar bei dem Magnificat, wie es in den Vespern der gröfseren Feste gesungen wird.

10. Eine Auswahl der besten englischen Psalmenmelodieen, sowohl für je 2 Verse (double chants) als für je einen (single chants) sind zusammengestellt von George Bird in »One Hundred single and double chants etc. London, Novello, 8.«

11. Der Gesang eines Psalms mit der kleinen Doxologie zum Eingang des Hauptgottesdienstes ist innerhalb der preufsischen Landeskirche z. B. in den Königlichen Hofkirchen und Schlofscapellen, sodann durch das »Kirchenbuch für das K. Preufs. Kriegsheer« für sämmtliche Militärgottesdienste eingeführt, sowie in den Gemeinden, in welchen das »Allgemeine evangelische Gesang- und Gebetbuch, Hamburg 1846, Agentur des Rauhen Hauses« gebraucht wird. (Doch sind die in dem letzteren und in dem vom Evangelischen Bücherverein zu Berlin herausgegebenen Evangelienbuche mitgetheilten Eingangs- und Epistelsprüche verschieden von den kirchlichen Introiten und Gradualien.) Bei den Nebengottesdiensten wird das Magnificat und Nunc dimittis und andere Psalmen bereits in vielen Kirchen von Chor und Gemeinde abwechselnd gesungen. Der Erfolg ist übrigens nach bisheriger Erfahrung von der Art, wie psalmodirt wird, abhängig. Wo zunächst kürzere Abschnitte gewählt wurden, und die Orgel beim Eintritt des zweiten Halbverses geschickt zu leiten wufste, und das Tempo den richtigen Mittelweg

zwischen schleppendem und hastig übereilendem Vortrage hielt, haben sich die Gemeinden nicht nur an die unserer Zeit bisher entfremdete Psalmodie bald gewöhnt, sondern sie dankbar schätzen und lieben lernen. Für allgemeinere Wiedereinführung wird es nöthig sein, daſs zunächst in den Schulen die Psalmodie gründlich geübt werde, wo die Kinder sich so leicht und gern an antiphonisches Sprechen und Singen gewöhnen, und dann in die Hausgottesdienste zurückkehre, wo man sie schon bei englischen und deutschen Familien vielfach findet. Dann würde sicher auch die deutsche Kirche dieselbe Anhänglichkeit an den Psalmengesang gewinnen, wie sie sich in der englischen Kirche findet, obwohl er dort den Choralgesang überwiegt; was in der deutschen Kirche nie zu befürchten ist.

Unter den mannigfachen Weisen, die Psalmen auf das Kirchenjahr zu vertheilen, zeichnet sich durch feinen liturgischen Tact die Anordnung der Metten- und Vesperpsalmen aus, welche sich in dem Gesangbuche der Stadt Mühlhausen, 4. Aufl., 1761, findet und regelmäſsig von dem Evang. kirchlichen Anzeiger für Berlin mitgetheit wird.

Berlin, Druck von Gustav Schade,
Marienstraße No. 10.